W0358193

SV

Band 1553 der Bibliothek Suhrkamp

Annie Ernaux
Eine Leidenschaft

Aus dem Französischen
von Sonja Finck

Suhrkamp Verlag

Die Originalausgabe erschien 1991 unter dem Titel
Passion simple bei Éditions Gallimard, Paris.

Dieses Buch erscheint im Rahmen des Förderprogramms
des französischen Außenministeriums, vertreten durch die Kulturabteilung
der französischen Botschaft in Berlin.

INSTITUT
FRANÇAIS

Klimaneutral
Druckprodukt
ClimatePartner.com/14438-2110-1001

Erste Auflage 2024
Deutsche Erstausgabe
© der deutschsprachigen Ausgabe Suhrkamp Verlag AG, Berlin, 2024
© Éditions Gallimard, Paris, 1991
Alle Rechte vorbehalten. Wir behalten uns auch eine Nutzung des Werks für Text
und Data Mining im Sinne von § 44b UrhG vor.
Umschlaggestaltung nach einem Konzept von Willy Fleckhaus
Umschlagfoto: Annie Ernaux in Cergy, 1990, Foto: Carlos Freire
Satz: Satz-Offizin Hümmer GmbH, Waldbüttelbrunn
Druck: Pustet, Regensburg
Printed in Germany
ISBN 978-3-518-22553-0

www.suhrkamp.de

Nous deux – die Zeitschrift – ist obszöner als de Sade.

Roland Barthes

Im Sommer habe ich mir zum ersten Mal einen Pornofilm im Fernsehen angeschaut, auf Canal+. Mein Gerät hat keinen Decoder, die Bilder auf dem Schirm waren verschwommen, die Dialoge durch eine merkwürdige Tonspur ersetzt, ein Knistern und Rauschen, eine Art andere Sprache, gleichmäßig und fortlaufend. Man konnte eine Frau in einem Spitzenkorsett ausmachen, mit Nylonstrümpfen, und einen Mann. Die Handlung war unverständlich, nichts war vorhersehbar, keine Bewegung, keine Geste. Der Mann näherte sich der Frau. Es folgte eine Großaufnahme, das Geschlecht der Frau erschien auf dem Bildschirm, deutlich sichtbar im Flimmern, dann das Geschlecht des Mannes, sein erigierter Penis, der in die Scheide der Frau glitt. Sehr lange wurde das Rein und Raus aus verschiedenen Blickwinkeln gezeigt. Der Schwanz kam wieder ins Bild, in der Hand des Mannes, und Sperma ergoss sich der Frau auf den Bauch. Man gewöhnt sich sicher an den Anblick, das erste Mal ist verstörend. Hunderte von Jahren, Generation um Generation, und erst jetzt kann man so etwas sehen, ein weibliches und ein männliches Geschlechtsteil bei der Vereinigung, das Sperma – was man zuvor nicht betrachten konnte, ohne beinahe zu sterben, kann man sich jetzt anschauen wie ein simples Händeschütteln.

Mir kam der Gedanke, dass man beim Schreiben genau danach streben sollte, nach dieser Wirkung, die die Szene eines Geschlechtsakts hervorruft, Beklemmung und Fassungslosigkeit, ein Aussetzen des moralischen Urteils.

Ab September letzten Jahres tat ich nichts anderes mehr, als auf einen Mann zu warten: darauf, dass er anruft und bei mir vorbeikommt. Ich ging in den Supermarkt, ins Kino, ich brachte Kleider zur Reinigung, ich las, ich korrigierte Klassenarbeiten, ich machte alles genau wie vorher, aber wären mir diese Dinge nicht schon lange zur Gewohnheit geworden, hätte ich sie nicht tun können, oder nur unter gewaltiger Anstrengung. Vor allem, wenn ich redete, hatte ich den Eindruck, es geschehe von selbst. Die Wörter und Sätze, ja selbst das Lachen bildeten sich ohne wirkliches Zutun meiner Gedanken oder meines Willens in meinem Mund. Im Übrigen erinnere ich mich nur noch vage an meine damaligen Aktivitäten, an die Filme, die ich gesehen, die Menschen, die ich getroffen habe. Alles an meinem Verhalten war aufgesetzt. Die einzigen Tätigkeiten, an denen mein Wille, mein Begehren und etwas, das wohl die menschliche Intelligenz ist (vorausplanen, das Für und Wider, die Konsequenzen abwägen), beteiligt waren, hatten alle eine Verbindung zu diesem Mann:

Zeitungsartikel über sein Land lesen (er war Ausländer)
Kleider und Make-up auswählen
ihm Briefe schreiben
die Bettwäsche wechseln und im Schlafzimmer Blumen aufstellen
Dinge notieren, die ich ihm unbedingt das nächste Mal erzählen wollte, weil ich dachte, sie könnten ihn interessieren
Whisky, Obst und etwas zum Knabbern für unseren gemeinsamen Abend kaufen
mir ausmalen, wo in der Wohnung wir gleich nach seiner Ankunft Sex haben würden

In Gesprächen durchbrachen nur Themen mit einem Bezug zu diesem Mann meine Gleichgültigkeit, zu seinem Beruf, zu dem Land, aus dem er kam, zu Orten, an denen er schon einmal gewesen war. Die Person, die mit mir redete, ahnte nicht, dass mein plötzlich intensives Interesse an ihren Worten nichts mit ihrer Erzählweise zu tun hatte und nur wenig mit dem Thema selbst, sondern bloß damit, dass A. eines Tages, zehn Jahre vor unserem Kennenlernen, während seines Einsatzes in Havanna vielleicht einmal in diesem Nachtclub gewesen war, dem »Fiorendito«, den mein Gegenüber mir, ermutigt von meiner Aufmerksamkeit, in allen Einzelheiten beschrieb. Genauso war es, wenn ich ein Buch las, alle Sätze, bei denen ich innehielt, handelten von der Beziehung zwischen einem Mann und einer Frau. Mir schien, sie könnten mir etwas über A. beibringen und das, was ich gern glauben wollte, zur Gewissheit werden lassen. Als ich etwa in Grossmans *Leben und Schicksal* las, »wer mit offenen Augen küsst, der liebt nicht«, redete ich mir ein, A. würde mich lieben, weil er die Augen beim Küssen schloss. Das restliche Buch war dann wieder das, was jede Tätigkeit ein Jahr lang für mich war, ein Mittel, die Zeit zwischen zwei Treffen mit ihm zu vertreiben.

Meine einzige Zukunft war der nächste Anruf, bei dem wir uns verabreden würden. Jenseits meiner beruflichen Verpflichtungen – deren Zeiten er kannte – verließ ich das Haus so wenig wie möglich, weil ich fürchtete, in meiner Abwesenheit einen Anruf von ihm zu verpassen. Ich vermied es auch, den Staubsauger oder Föhn zu benutzen, weil ich sonst womöglich das Telefon nicht gehört hätte. Bei jedem Klingeln quälte mich eine Hoffnung, die oft nur so lange anhielt, bis ich langsam den Hörer abhob und Hallo sagte. Wenn ich feststellte, dass nicht er dran war, ergriff mich eine so tiefe Enttäuschung, dass ich regelrecht Hass auf die Person am anderen Ende der Leitung empfand. Sobald ich A.s Stimme hörte, war mein endloses, schmerzhaftes, natürlich eifersüchtiges Warten vorbei, und zwar so plötzlich, dass ich den Eindruck hatte, ich wäre verrückt gewesen und schlagartig wieder normal. Ich war erstaunt, wie belanglos diese Stimme im Grunde war und welch übermäßig große Bedeutung sie in meinem Leben hatte.

Wenn er ankündigte, er komme in einer Stunde bei mir vorbei – eine »Gelegenheit«, das heißt, ein Vorwand, später nach Hause zu kommen, ohne seine Frau misstrauisch zu machen –, begann für mich ein anderes Warten, eines ohne Gedanken, selbst ohne Begehren (derart, dass ich mich fragte, ob ich überhaupt einen Orgasmus würde haben können), ein fiebriger Tatendrang, wobei es mir nicht gelang, die Dinge in der richtigen Reihenfolge zu erledigen: duschen, Gläser bereitstellen, mir die Nägel lackieren, den Boden wischen. Ich wusste nicht mehr, auf wen ich überhaupt wartete. Ich war in dem Moment gefangen – dessen Näherrücken mich jedes Mal mit einer namenlosen Angst erfüllte –, in dem ich sein Auto bremsen, die Wagentür zuschlagen, seine Schritte auf dem Betonboden draußen vor der Tür hören würde.

Wenn die Zeitspanne, die er mir nannte, größer war, drei oder vier Tage zwischen seinem Anruf und seinem

Kommen, stellte ich mir angewidert all die Arbeit vor, die ich würde erledigen müssen, die Abendessen mit Freunden, zu denen ich würde gehen müssen, bevor ich ihn wiedersah. Am liebsten hätte ich nichts anderes zu tun gehabt, als auf ihn zu warten. Zudem lebte ich in der wachsenden Angst, irgendetwas könnte passieren und verhindern, dass wir uns sahen. Eines Nachmittags, als ich im Auto nach Hause fuhr und er sich für eine halbe Stunde später angekündigt hatte, kam mir kurz der Gedanke, ich könnte aus Unachtsamkeit gegen ein anderes Auto fahren. Sofort: »Ich weiß nicht, ob ich anhalten würde.«*

Wenn ich dann fertig angezogen, geschminkt, frisiert war und die Wohnung aufgeräumt, war ich, falls mir noch etwas Zeit blieb, unfähig, zu lesen oder Klassenarbeiten zu korrigieren. In gewisser Hinsicht wollte ich mich auch nicht vom Warten auf A. ablenken: wollte ich es mir nicht verderben. Oft schrieb ich oben

* Es ist eine alte Gewohnheit von mir, einen Wunsch gegen einen Unfall abzuwägen, den ich entweder verursachen oder dem ich zum Opfer fallen würde, gegen eine Krankheit, gegen ein mehr oder minder tragisches Ereignis. Mich zu fragen, ob ich den imaginären Preis dafür zahlen würde, ist eine recht sichere Methode, um herauszufinden, wie stark der jeweilige Wunsch ist – vielleicht will ich aber auch das Schicksal herausfordern: »Es macht mir nichts aus, wenn mein Haus abbrennt, solange ich es schaffe, den Text, an dem ich gerade arbeite, zu Ende zu schreiben.«

auf ein Blatt Papier das Datum, die Uhrzeit und »er kommt«, dazu weitere Sätze, Zweifel, er könnte nicht kommen, sein Begehren könnte nachlassen. Am Abend nahm ich das Blatt wieder zur Hand, »er ist gekommen«, und notierte durcheinander verschiedene Details zu unserem Treffen. Dann starrte ich benommen auf das vollgekritzelte Blatt mit den beiden Textblöcken, die ich vorher und nachher geschrieben hatte und die man in Folge lesen konnte, ohne Unterbrechung. Zwischen ihnen hatte es Worte und Gesten gegeben, neben denen alles andere trivial wirkte, selbst das Schreiben, mit dem ich sie einzufangen versuchte. Ein Zeitraum, der von zwei Geräuschen eines Autos begrenzt wurde, vom Bremsen und Wiederanfahren seines Renault 25, ein Zeitraum, in dem ich mir sicher war, dass es nie etwas Wichtigeres in meinem Leben gegeben hatte, weder Kinder kriegen noch Prüfungen bestehen noch durch die Welt reisen, als mitten am Tag mit diesem Mann im Bett zu liegen.

Es währte immer nur ein paar Stunden. Ich trug meine Armbanduhr nicht, ich legte sie kurz vor seiner Ankunft ab. Er behielt seine an, und ich fürchtete den Moment, in dem er diskret einen Blick darauf werfen würde. Wenn ich in die Küche ging, um Eiswürfel zu holen, sah ich hoch zu der Uhr über der Tür, »nur noch zwei Stunden«, »nur noch eine«, oder: »In einer Stunde werde ich hier sein und er wird nicht mehr da sein.« Ich fragte mich fassungslos: »Wo ist die Gegenwart?«

Bevor er ging, kleidete er sich langsam wieder an. Ich beobachtete, wie er das Hemd zuknöpfte, die Socken, die Unterhose, die Hose anzog, wie er sich zum Spiegel drehte, um die Krawatte zu binden. Sobald er seine Anzugjacke überstreifte, wäre alles vorbei. Ich war nur noch Zeit, die durch mich hindurchfloss.

Sobald er gegangen war, lähmte mich eine ungeheure Müdigkeit. Ich räumte nicht gleich auf. Ich betrachtete die Gläser, die Teller mit den Resten, den vollen Aschenbecher, die im Flur und Schlafzimmer verstreuten Kleider und Dessous, die Laken, die auf den Teppich herabhingen. Am liebsten hätte ich das Durcheinander, in dem jeder Gegenstand für eine Geste, einen Moment stand, so belassen, es war ein Tableau, an dessen Kraft und Schmerz kein Gemälde in einem Museum je heranreichen würde. Natürlich duschte ich erst am nächsten Tag, um sein Sperma nicht abzuwaschen.

Ich rechnete nach, wie oft wir schon Sex gehabt hatten. Mir war, als wäre jedes Mal etwas zu unserer Beziehung hinzugekommen, aber auch, als wäre es ebendiese Akkumulation von Gesten und Lust, die uns irgendwann auseinanderbringen würde. Wir verbrauchten ein Kapital an Begehren. Was wir an körperlicher Intensität hinzugewannen, verloren wir an Zeit.

Ich fiel in einen Halbschlaf, in dem ich das Gefühl hatte, in seinem Körper dahinzudämmern. Am folgenden Tag lebte ich in einer Trägheit, in der sich eine seiner Berührungen endlos fortsetzte, in der ich etwas, was er zu mir gesagt hatte, immer wieder hörte. Er kannte auf Französisch keine vulgären Wörter oder hatte nicht das Bedürfnis, welche zu benutzen, weil sie für ihn nicht mit einem gesellschaftlichen Tabu belegt waren, für ihn waren sie genauso unschuldig wie alle anderen (und wie obszöne Wörter in seiner Sprache es für mich gewesen wären). Im Vorortszug RER oder im Supermarkt hörte ich ihn murmeln, »nimm meinen Penis in deinen Mund«. Einmal war ich in der Metrostation Opéra so sehr in meine Tagträume versunken, dass die Bahn, die ich hätte nehmen wollen, ohne mich abfuhr.

Die Taubheit ließ allmählich nach, ich begann wieder auf einen Anruf zu warten, geplagt von Qualen und Befürchtungen, die größer wurden, je länger unser letztes Treffen zurücklag. Genau wie früher meine Gewissheit, durch eine Prüfung gefallen zu sein, gewachsen war, je weiter diese zurücklag, wuchs jetzt mit jedem Tag, der ohne einen Anruf von ihm verging, die Gewissheit, dass er mich verlassen hatte.

Die einzigen glücklichen Momente außerhalb seiner Anwesenheit waren die, in denen ich mir neue Kleider, Ohrringe, Nylonstrümpfe kaufte und sie bei mir zu Hause vor dem Spiegel anprobierte, denn mein – unmöglich zu erreichendes – Ideal war, dass er mich jedes Mal in einer anderen Aufmachung sah. Dabei bekam er die neue Bluse oder die neuen Pumps höchstens fünf Minuten lang zu Gesicht, bevor sie bis zu seinem Aufbruch irgendwo herumlagen. Auch war mir bewusst, wie wenig irgendwelche Klamotten gegen ein neues Begehren ausrichten konnten, das er für eine andere Frau empfinden würde. Dennoch schien es mir ein Fehler zu sein, ihm in einer Aufmachung gegenüberzutreten, die er bereits kannte, ein Nachlassen in meinem Streben nach Perfektion, um die ich in meiner Beziehung zu ihm bemüht war. Aus demselben Willen zur Perfektion blätterte ich in einem Kaufhaus im *Handbuch der Sexualtechniken*. Unter dem Titel stand »700 000 verkaufte Exemplare«.

Ich hatte oft den Eindruck, diese Leidenschaft so zu leben, wie ich auch ein Buch geschrieben hätte: mit derselben Dringlichkeit, dass jede Szene gelingt, derselben Detailversessenheit. Bis hin zu dem Gedanken, dass es mir nichts ausmachen würde zu sterben, nachdem ich dieser Leidenschaft auf den Grund gegangen sein würde – obwohl ich nicht wusste, was »auf den Grund gehen« in diesem Zusammenhang genau bedeutete –, genau wie ich werde sterben können, sobald ich das hier in einigen Monaten zu Ende geschrieben habe.

Im Gespräch mit Bekannten versuchte ich meine Obsession nicht durchscheinen zu lassen, doch dies erforderte eine schwer dauerhaft aufrechtzuerhaltende Wachsamkeit. Beim Friseur beobachtete ich eine sehr gesprächige Frau, mit der alle ganz normal redeten, bis sie, den Hinterkopf im Waschbecken, sagte, »ich bin wegen meiner Nerven in Behandlung«. Von da an verhielt sich das Personal ihr gegenüber anders, behandelte sie mit distanzierter Zurückhaltung, als wäre dieses zwanghafte Geständnis ein Zeichen ihrer Störung. Ich befürchtete, genauso anormal zu wirken, wenn ich gesagt hätte, »ich lebe eine Leidenschaft«. Doch fand ich mich an der Supermarktkasse oder in der Bank neben anderen Frauen wieder, fragte ich mich, ob auch sie pausenlos einen Mann im Kopf hatten, und falls nicht, wie sie so leben konnten, das heißt – wie ich früher –, nur im Warten auf das Wochenende, einen Restaurantbesuch oder Sportkurs, auf die Schulnoten der Kinder: all das, was mir mittlerweile entweder lästig oder gleichgültig war.

Wenn eine Frau oder ein Mann mir gestanden, sie seien »total verknallt« oder seien es früher einmal gewesen, sie hätten eine »intensive Beziehung« oder hätten früher einmal eine solche gehabt, verspürte ich manchmal den Drang, mich ihnen anzuvertrauen. Nachdem die Euphorie der Gemeinsamkeit verflogen war, ärgerte ich mich, dass ich mich dazu hatte hinreißen lassen, selbst wenn ich nicht viel gesagt hatte. Diese Gespräche, in denen ich auf die Worte meines Gegenübers ständig »ich auch, das geht mir genauso, ich habe dasselbe getan etc.« geantwortet hatte, schienen mir plötzlich nichts mehr mit der Realität meiner Leidenschaft zu tun zu haben, kamen mir sinnlos vor. Mehr noch, in diesen Gefühlsausbrüchen ging etwas verloren.

Meinen Söhnen, die studieren und sich nur noch unregelmäßig bei mir aufhalten, hatte ich nur das Allernötigste verraten, gerade so viel, dass nichts der praktischen Umsetzung meiner Liaison im Weg stand. So mussten sie anrufen und fragen, ob sie nach Hause kommen konnten, und wenn sie bereits hier waren, gehen, sobald A. seinen Besuch ankündigte. Dieses Arrangement war – zumindest nach außen hin – unproblematisch. Trotzdem wäre es mir lieber gewesen, wenn ich die Geschichte meinen Kindern komplett hätte verschweigen können, genau wie ich früher meine Flirts und Abenteuer vor meinen Eltern geheim gehalten hatte. Wahrscheinlich, um ihrem Urteil zu entgehen. Aber auch, weil Kinder und Eltern die Letzten sind, die die Sexualität derjenigen, mit denen sie am engsten verwandt sind und die deshalb für immer tabu sind, ohne Unbehagen akzeptieren können. Weil Kinder das Offensichtliche, das aus dem leeren Blick, dem abwesenden Schweigen der Mutter spricht, nicht wahrhaben wollen: In manchen Momenten zählen sie für sie nicht mehr als für eine rollige Katze der Wurf vom letzten Jahr.*

* In einem Interview in der *Marie Claire* fällen Jugendliche ein vernichtendes Urteil über die Liebschaften ihrer getrennt lebenden oder geschiedenen Mütter. Ein Mädchen, gehässig: »Die Liebhaber meiner Mutter waren immer nur dazu da, sie zum Träumen zu bringen.« Welch besseren Dienst konnte man jemandem erweisen?

In dieser ganzen Zeit hörte ich kein einziges Mal klassische Musik, ich zog Chansons vor. Die sentimentalsten Lieder, die ich vorher ignoriert hatte, wühlten mich jetzt auf. Sie brachten direkt und ohne Distanz die Absolutheit der Leidenschaft und ihre Universalität zum Ausdruck. Wenn ich Sylvie Vartan *»c'est fatal, animal«* singen hörte, war ich mir sicher, nicht die Einzige zu sein, die solche Gefühle hatte. Die Chansons begleiteten und legitimierten mein Erleben.

In Frauenzeitschriften las ich als Erstes das Horoskop.

Manchmal wollte ich unverzüglich einen Film sehen, von dem ich überzeugt war, dass er meine Geschichte erzählte, und war sehr enttäuscht, wenn er nirgends lief, weil es ein alter Film war, zum Beispiel Ōshimas *Im Reich der Sinne*.

Ich gab Männern und Frauen, die in den Gängen der Metrostationen auf dem Boden saßen, Geld und wünschte mir dabei stumm, er werde am Abend anrufen. Ich nahm mir vor, 200 Franc an die Volkshilfe zu spenden, falls er bis zu einem bestimmten Datum bei mir vorbeikäme. Entgegen meiner sonstigen Angewohnheit warf ich mein Geld leicht zum Fenster heraus. Das schien mir nötig zu sein und zu einer generellen Großzügigkeit zu gehören, die untrennbar mit meiner Leidenschaft für A. verbunden war, zu einer Lust an der Verschwendung, die sich auch auf die Zeit erstreckte, die ich mit Träumen und Warten verbrachte, und natürlich auf den Körper: Sex haben, bis man todmüde ist, als wäre es das letzte Mal. (Woher soll man wissen, dass es nicht das letzte Mal ist?)

An einem Nachmittag, als er bei mir war, brannte ich im Wohnzimmer ein Loch in den Teppichboden, indem ich einen heißen Espressokocher darauf abstellte. Es war mir egal. Mehr noch, jedes Mal, wenn ich die versengte Stelle sah, freute ich mich, weil sie mich an den Nachmittag mit ihm erinnerte.

Die Ärgernisse des Alltags machten mir nichts aus. Ich scherte mich nicht um einen zweimonatigen Poststreik, da A. mir keine Briefe schickte (vermutlich die Vorsicht eines verheirateten Mannes). Im Stau oder in der Schlange vorm Bankschalter wartete ich geduldig und regte mich nicht über einen unfreundlichen Angestellten auf. Nichts brachte mich aus der Ruhe. Ich empfand eine Mischung aus Mitgefühl, Wehmut und Solidarität für andere Menschen. Ich verstand die auf Parkbänken liegenden Außenseiter, die Männer, die zu Prostituierten gehen, eine in einen Groschenroman vertiefte Reisende (aber ich hätte nicht sagen können, welcher Teil von mir ihnen ähnelte).

Als ich einmal nackt zum Kühlschrank ging, um uns Bier zu holen, fielen mir die alleinstehenden Frauen und verheirateten Mütter ein, die im Viertel meiner Kindheit nachmittags heimlich Männer empfangen hatten (man hörte alles Mögliche – es war unmöglich zu unterscheiden, ob die Nachbarn ihnen vorwarfen, keinen Anstand zu haben oder sich mitten am Tag der Fleischeslust hinzugeben, statt Fenster zu putzen). Ich dachte mit tiefer Genugtuung an diese Frauen.

Die ganze Zeit über hatte ich den Eindruck, meine Leidenschaft im Modus eines Romans zu leben, aber jetzt weiß ich nicht, in welchem Modus ich sie aufschreibe, als Tagebuchnotiz oder intimes Geständnis wie man sie in Frauenzeitschriften findet, als Manifest, als Protokoll oder vielleicht sogar als Textinterpretation.

Ich schreibe keinen Bericht über eine Affäre, ich erzähle keine Geschichte (die sich mir ohnehin zur Hälfte entzieht) mit einer präzisen Chronologie, »er kam am 11. November zu mir«, oder einer groben zeitlichen Einordnung, »einige Wochen vergingen«. Für mich gab es so etwas in dieser Beziehung nicht, ich kannte nur An- oder Abwesenheit. Ich trage lediglich die Zeichen einer Leidenschaft zusammen, schwanke ständig zwischen »immer« und »eines Tages« hin und her, ganz so, als könnte ich dank dieses Inventars die Realität meiner Leidenschaft zu fassen bekommen. Meine Aufzählung und Schilderung der Fakten enthält selbstverständlich keine Ironie und keinen Spott, denn auf diese Weise erzählt man sich oder anderen nur Vergangenes, so empfindet man die Dinge aber nicht im Moment des Erlebens.

Ich habe nicht die Absicht, den Ursprung meiner Leidenschaft in meiner nahen oder fernen Vergangenheit zu suchen, wie ein Psychoanalytiker sie mich würde rekonstruieren lassen, und auch nicht in den kulturellen Vorbildern, die mich seit der Kindheit beeinflusst haben (*Vom Winde verweht*, *Phädra* oder die Chansons von Edith Piaf sind genauso wirkmächtig wie der Ödipuskomplex). Ich will meine Leidenschaft nicht erklären – das liefe darauf hinaus, sie als Irrtum oder Störung zu betrachten, für die man sich rechtfertigen muss –, sondern sie einfach nur darstellen.

Die einzigen Gegebenheiten, die man eventuell berücksichtigen muss, sind materieller Art, die Zeit und die Freiheit, die ich hatte, um so etwas leben zu können.

Er liebte Anzüge von Yves Saint Laurent, Cerruti-Krawatten und teure Autos. Er fuhr schnell, mit Lichthupe und schweigend, als würde er sich ganz und gar dem Gefühl hingeben, gut angezogen und frei über eine französische Autobahn zu rasen, in einer Position der Überlegenheit, als jemand, der aus Osteuropa kam. Es gefiel ihm, wenn man ihm eine Ähnlichkeit mit Alain Delon nachsagte. Ich ahnte – soweit man das bei einem Ausländer präzise sagen kann –, dass er sich nicht zu intellektuellen und künstlerischen Dingen hingezogen fühlte, sie ihm aber Respekt einflößten. Seine Lieblingssendungen im Fernsehen waren Spielshows und *California Clan*. Das alles war mir egal. Wahrscheinlich, weil ich A.s Geschmack aufgrund seiner ausländischen Herkunft auf kulturelle Unterschiede zurückführen konnte, während ich denselben Geschmack bei einem Franzosen vor allem als Hinweis auf einen Klassenunterschied interpretiert hätte. Vielleicht gefiel es mir auch, in A. meinen aufstiegsversessenen Anteil wiederzufinden: Als junges Mädchen hatte ich mich nach Kleidern, Schallplatten und Reisen gesehnt, weil es mir im Gegensatz zu meinen Schulkameradinnen an all dem mangelte – genau wie es A. und seinen Landsleuten an vielem »mangelte«, weshalb sie die schicken Hemden und Videorekorder aus den westlichen Schaufenstern besitzen wollten.*

Er trank viel, wie in Osteuropa üblich. Das machte mir Angst, wegen eines möglichen Unfalls auf dem Heimweg, auf der Autobahn, widerte mich aber nicht an. Selbst dann nicht, wenn er hin und wieder ins Schwanken geriet oder beim Küssen aufstoßen musste. Im Gegenteil, ich war glücklich, in diesem Anflug von abstoßendem Verhalten mit ihm vereint zu sein.

Ich wusste nicht, was für eine Art Beziehung wir in seinen Augen führten. Anfangs schloss ich aus gewis-

* Dieser Mann lebt nach wie vor irgendwo auf der Welt. Ich kann ihn nicht näher beschreiben, kann keine Details nennen, anhand derer man ihn identifizieren könnte. Er »lebt sein Leben« voller Entschlossenheit, das heißt, für ihn gibt es kein wichtigeres Werk als dieses Leben. Dass es mir anders ergeht, gibt mir nicht das Recht, seine Identität preiszugeben. Er hat sich nicht dafür entschieden, in meinem Buch vorzukommen, nur in meinem Leben.

sen Indizien – dass er mich schweigend und mit glücklichem Gesichtsausdruck ansah, dass er sagte, »ich bin auf dem Weg hierher wie verrückt gerast«, dass er mir von seiner Kindheit erzählte – er empfinde dieselbe Leidenschaft wie ich. Irgendwann geriet diese Gewissheit ins Wanken. Ich fand ihn reservierter, weniger bereit, sich mir anzuvertrauen – aber sobald er von seinem Vater erzählte oder von den Himbeeren, die er mit zwölf im Wald gesammelt hatte, änderte ich meine Meinung. Er brachte mir auch nichts mehr mit – wenn Freunde mir Blumen oder ein Buch schenkten, dachte ich an all die Aufmerksamkeiten, die er für überflüssig hielt, aber sofort: »Er schenkt mir sein Begehren.« Begierig registrierte ich alle Sätze, die ich für Zeichen seiner Eifersucht hielt, der einzige Beweis, dass er mich liebte. Nach einer Weile begriff ich, dass »fährst du über Weihnachten weg« wirklich nur eine banale praktische Frage war, weil er wissen wollte, ob wir uns sehen konnten oder nicht, und kein versteckter Versuch herauszufinden, ob ich mit jemand anderem in den Skiurlaub fuhr (vielleicht wünschte er sich sogar, dass ich verreiste, damit er sich mit einer anderen Frau treffen konnte?). Ich fragte mich oft, was diese Nachmittage, an denen wir Sex hatten, ihm bedeuteten. Sicher nichts anderes als das, Sex. Ohnehin war es sinnlos, nach weiteren Gründen zu suchen, ich hatte immer nur eine einzige Gewissheit: Sein Begehren oder die Abwesenheit seines Begehrens. Die einzige unbestreitbare Wahrheit konnte ich an seinem Penis ablesen.

Dass er Ausländer war, machte jede Interpretation noch unsicherer, war sein Verhalten doch von einer Kultur geprägt, von der ich nur die touristischen Aspekte kannte, die Klischees. Anfangs hatte mich die ganz offensichtlich begrenzte Möglichkeit des gegenseitigen Verstehens entmutigt, die noch dadurch verstärkt wurde, dass ich seine Sprache nicht beherrschte, während er sich recht gut auf Französisch ausdrückte. Später gestand ich mir ein, dass mir dank dieser Situation die Illusion einer perfekten Kommunikation oder sogar Symbiose zwischen uns beiden erspart geblieben war. Sein leicht vom Üblichen abweichender Gebrauch des Französischen und das gelegentliche Zögern hinsichtlich der Bedeutung eines Wortes, das ich bei ihm wahrnahm, rief mir ständig das Ungefähre der sprachlichen Verständigung in Erinnerung. Ich hatte das Glück, von Anfang an bewusst zu erleben, was man irgendwann immer fassungslos und verzweifelt feststellt: Der Mann, den man liebt, ist ein Fremder.

Die Einschränkungen, die mir sein Status als verheirateter Mann auferlegte – ihn nicht anrufen – ihm keine Briefe schicken – ihm keine Geschenke machen, weil er diese nur schwer hätte rechtfertigen können – ständig davon abhängig sein, ob er Zeit für mich hatte –, machten mir nichts aus.

Ich übergab ihm die Briefe, die ich ihm schrieb, sobald er gegangen war, persönlich. Der Verdacht, er zerreiße sie und werfe sie in Fetzen auf die Autobahn, sobald er sie gelesen hatte, hinderte mich nicht daran, ihm weiter zu schreiben.

Ich achtete darauf, keine Spuren an seiner Kleidung zu hinterlassen, ihm keine Knutschflecken zu machen. Einerseits wollte ich ihm so Streit mit seiner Frau ersparen, andererseits steckte dahinter der Wunsch, ihn nicht gegen mich aufzubringen, damit er mich nicht verließ. Aus demselben Grund vermied ich es, ihn an Orten zu treffen, an die sie ihn begleitete. Ich fürchtete, in ihrer Gegenwart durch eine spontane Geste – A.s Nacken streicheln, ein Detail an seiner Kleidung zurechtzupfen – zu verraten, was uns verband. (Außerdem wollte ich nicht unnötig leiden, weil ich mir jedes Mal, wenn ich ihr begegnete, vorstellte, wie A. mit ihr schlief – dass ich sie reizlos fand und er es vielleicht nur deshalb tat, weil sie ihm »zur Verfügung« stand, änderte nichts daran, dass mir die Vorstellung eine Qual war.)

Die Einschränkungen waren sogar der Ursprung von Warten und Begehren. Da er mich aus Telefonzellen anrief, die nur unzuverlässig funktionierten, war, wenn ich abhob, oft niemand in der Leitung. Ich lernte, dass auf diesen »unechten« Anruf spätestens eine Viertelstunde später ein echter folgte, sobald er ein intaktes Telefon gefunden hatte. Dieser erste stumme Anruf war das Vorzeichen seiner Stimme, die (seltene) Verheißung eines sicheren Glücks, und die Zeitspanne bis zum zweiten Anruf, in dem er meinen Namen und »können wir uns sehen?« sagen würde, waren die schönsten Momente, die es gab.

Abends vor dem Fernseher fragte ich mich, ob er sich wohl gerade dieselbe Sendung oder denselben Film anschaute, vor allem, wenn es um Liebe oder Erotik ging, wenn ein Zusammenhang zu unserer Situation bestand. Ich stellte mir vor, er sähe *Die Frau nebenan* von François Truffaut und ersetze die Hauptfiguren in Gedanken durch uns beide. Wenn er mir dann erzählte, dass er den Film tatsächlich gesehen habe, neigte ich zu dem Glauben, dass er ihn an dem Abend unseretwegen ausgesucht hatte und dass er unsere Geschichte auf dem Bildschirm dargestellt noch schöner fand, oder jedenfalls legitim. (Den Gedanken, er könnte unsere Beziehung im Gegensatz gefährlich finden, schob ich natürlich schnell beiseite, denn im Film nehmen alle Leidenschaften außerhalb der Ehe regelmäßig ein schlimmes Ende.*)

Manchmal sagte ich mir, dass er vielleicht einen ganzen Tag lang keine Sekunde an mich dachte. Ich sah vor mir, wie er morgens aufstand, einen Kaffee trank, redete, lachte, als existierte ich nicht. Dieser Kontrast zu meiner eigenen Besessenheit versetzte mich in Erstaunen. Wie war das möglich? Er selbst wäre fassungslos gewesen, wenn er erfahren hätte, dass er mir von früh bis spät nicht aus dem Kopf ging. Es gab keinen Grund, mein oder sein Verhalten für angemessener zu halten. In gewisser Hinsicht hatte ich mehr Glück als er.

Wenn ich durch Paris lief und auf den Boulevards teure Autos mit nur einem Insassen an mir vorbeifuhren, einem Mann am Steuer, der aussah wie eine viel beschäftigte Führungskraft, wurde mir bewusst, dass A. einer

* *Der Loulou* von Maurice Pialat, *Zu schön für Dich* von Bertrand Blier etc.

von ihnen war, nicht mehr und nicht weniger, jemand, der sich in erster Linie um seine Karriere kümmerte und der alle zwei bis drei Jahre von erotischen Gefühlen, vielleicht auch von Liebe für eine neue Frau heimgesucht wurde. Diese Erkenntnis befreite mich. Ich beschloss, mich nicht mehr mit ihm zu treffen. Ich war sicher, dass er für mich genauso anonym und uninteressant geworden war wie diese geleckten Typen in ihren BMW oder Renault 25. Trotzdem betrachtete ich, während ich durch die Stadt ging, in den Schaufenstern Kleider und Dessous, wie in Erwartung unserer nächsten Verabredung.

Diese Momente der Distanzierung waren vorübergehend und kamen von außen, ich versuchte sie nicht herbeizuführen. Im Gegenteil, ich vermied alles, was mich aus meiner Besessenheit hätte herausreißen können, lesen, ausgehen und andere Dinge, die ich vorher gern getan hatte. Ich strebte nach absoluter Untätigkeit. Ich wehrte mich vehement gegen zusätzliche Aufgaben, die mein Direktor mir übertragen wollte, fast hätte ich ihn am Telefon beleidigt. Ich hielt es für mein gutes Recht, mich allem zu widersetzen, was mich daran gehindert hätte, mich uneingeschränkt meinen Gefühlen und den fiktiven Erzählungen meiner Leidenschaft hinzugeben.

Im RER, in der Metro, in Wartesälen, überall, wo Nichtstun erlaubt ist, versank ich, sobald ich mich hingesetzt hatte, in Tagträume von A. In exakt der Sekunde, in der ich in diesen Zustand eintrat, durchzuckte ein Glücksgefühl meinen Kopf. Ich hatte das Gefühl, mich einer körperlichen Lust hinzugeben, als wäre das Gehirn durch die stete Flut derselben Bilder und Erinnerungen imstande, einen Orgasmus zu bekommen, als wäre es ein weiteres Geschlechtsorgan.

Natürlich empfinde ich wegen der Zeitspanne, die den Moment, in dem ich diese Dinge aufschreibe und in dem nur ich sie vor Augen habe, von dem Moment trennen, in dem sie von anderen gelesen werden und der nach meinem Empfinden niemals eintreten wird, beim Schreiben keinerlei Scham. Bis dahin kann ich einen Unfall haben, sterben, es kann ein Krieg ausbrechen oder eine Revolution. Diese Zeitspanne erlaubt es mir gegenwärtig zu schreiben, auf ähnliche Weise, wie ich mit sechzehn einen Tag lang in der brennenden Sonne lag oder mit zwanzig ohne Verhütung Sex hatte: ohne an die Folgen zu denken.

(Deshalb ist es auch ein Irrtum, jemanden, der über

sein eigenes Leben schreibt, mit einem Exhibitionisten zu vergleichen, denn dieser hat nur einen Wunsch, er will sich zeigen und im selben Moment gesehen werden.)

Ab dem Frühjahr wartete ich durchgehend. Schon Anfang Mai kam eine ungewöhnliche Hitze auf. Sommerkleider erschienen in den Straßen, die Caféterrassen waren voll. Man hörte ständig einen exotischen Tanz, gesungen von einer Frau mit belegter Stimme, den Lambada. Das alles bedeutete neue Möglichkeiten der Lust, und ich unterstellte A., es ohne mich nutzen zu wollen. Seine beruflichen Aufgaben, sein Posten in Frankreich kamen mir sehr wichtig vor, geeignet, die Bewunderung aller Frauen zu wecken, während ich mich selbst im gleichen Maße abwertete, ich hielt mich für uninteressant und glaubte, ihn nicht halten zu können. Wenn ich in Paris unterwegs war, ganz gleich in welchem Stadtteil, rechnete ich jedes Mal damit, ihn im Auto vorbeifahren zu sehen, mit einer Frau neben sich. Ich schritt sehr aufrecht, in einer vorauseilenden Haltung stolzer Gleichgültigkeit gegenüber dieser Begegnung. Dass es selbstverständlich nie dazu kam, war fast noch eine größere Enttäuschung: Unter seinem imaginären Blick lief ich verschwitzt den Boulevard des Italiens entlang, während er anderswo war, ungreifbar. Die

Vorstellung, wie er mit heruntergekurbelten Scheiben und voll aufgedrehtem Kassettenradio in Richtung Parc de Sceaux oder Bois de Vincennes fuhr, verfolgte mich.

Eines Tages las ich in einer Fernsehzeitschrift eine Reportage über eine Tanztruppe aus Kuba, die in Paris gastierte. Der Autor betonte die Sinnlichkeit und Freizügigkeit der Kubanerinnen. Ein Foto zeigte die interviewte Tänzerin, groß, mit schwarzem Haar und langen, entblößten Beinen. Je weiter ich las, desto größer wurde meine Vorahnung. Am Ende war ich sicher, dass A., der Kuba kannte, sich mit der Tänzerin auf dem Foto getroffen hatte. Ich sah ihn mit ihr in einem Hotelzimmer, und in diesem Moment hätte nichts mich von der Unwahrscheinlichkeit dieser Szene überzeugen können. Im Gegenteil, die Annahme, sie hätte nicht stattgefunden, kam mir unvorstellbar dumm vor.

Wenn er anrief, um sich mit mir zu verabreden, änderte der hundertmal ersehnte Anruf nichts, ich blieb in derselben schmerzhaften Anspannung wie davor. Ich befand mich in einem Zustand, in dem selbst die Realität seiner Stimme mich nicht mehr glücklich machen konnte. Alles war endlose Entbehrung, außer der Moment, in dem wir zusammen waren und Sex hatten. Und selbst da quälte mich der Gedanke an den nächsten

Moment, wenn er nicht mehr da sein würde. Ich lebte die Lust wie einen künftigen Schmerz.

Ständig der Wunsch, mich zu trennen, um nicht mehr abhängig zu sein von einem Anruf, nicht mehr zu leiden, und sofort der Gedanke, was das bedeuten würde, ab der Minute der Trennung: eine Folge von Tagen, an denen ich auf nichts mehr warten würde. Lieber beließ ich alles beim Alten, egal zu welchem Preis – dass er eine andere Geliebte hatte oder mehrere (also ein noch größerer Schmerz als der, weswegen ich ihn verlassen wollte). Doch im Vergleich zu der Leere, die sich vor mir auftat, empfand ich meine derzeitige Situation als glücklich und meine Eifersucht als eine Art fragiles Privileg, dessen Ende zu wünschen verrückt gewesen wäre, schließlich würde es eines Tages ohnehin enden, ob ich wollte oder nicht, wenn er wegzog oder mich verließ.

Ich mied jede Gelegenheit, ihn außer Haus unter anderen Leuten zu treffen, denn ich ertrug es nicht, ihn einfach nur zu sehen. Ich ging nicht zu einer Eröffnung, zu der er eingeladen war, nur um dann den ganzen Abend von dem Bild besessen zu sein, wie er sich lächelnd um eine Frau bemüht wie bei unserem Kennenlernen um mich. Später erzählte mir jemand, an dem Abend sei kein Mensch da gewesen. Ich war erleichtert und sagte mir diese Redewendung in Gedanken immer wieder lustvoll vor, als bestünde ein Zusammenhang zwischen der Atmosphäre auf einem Empfang, der Anzahl der weiblichen Gäste und dem, was nur von einer zufälligen Begegnung abhing – wozu eine einzige Frau reichte –, von seinem Willen oder Unwillen nämlich, mit ihr zu flirten.

Ich bemühte mich, immer in Erfahrung zu bringen, wo und womit er am Wochenende seine Zeit verbrachte. Ich dachte, »jetzt joggt er durch den Forêt de Fontainebleau – jetzt ist er auf dem Weg nach Deauville – liegt er neben seiner Frau am Strand« etc. Dieses Wissen beruhigte mich, ich hatte das Gefühl, wenn ich ihn in Zeit und Raum verorten konnte, schützte mich das vor seiner Untreue. (Ein Glaube, der der ebenso hartnäckigen Vorstellung ähnelt, wenn ich nur weiß, wo meine Söhne auf einer Party oder im Urlaub sind, bewahrt sie das vor einem Unfall, vor Drogen oder vor dem Ertrinken.)

In dem Sommer hatte ich keine Lust, in den Urlaub zu fahren, morgens in einem Hotelzimmer aufzuwachen und einen ganzen Tag vor mir zu haben, an dem ich nicht auf seinen Anruf warten konnte. Wenn ich allerdings nicht fuhr, gab ich ihm meine Leidenschaft viel deutlicher zu verstehen, als wenn ich gesagt hätte, »ich bin verrückt nach dir«. Eines Tages, als ich wieder einmal von dem Wunsch, mich zu trennen, gequält wurde, beschloss ich, mir stattdessen für zwei Monate später eine Zugfahrkarte nach Florenz zu kaufen und ein Zimmer in einem Hotel zu reservieren. Ich war sehr zufrieden mit dieser Form der Trennung, bei der ich ihn nicht verlassen musste. Ich sah meiner Abfahrt entgegen wie einer Prüfung, für die ich mich vor langer Zeit angemeldet hatte und auf die ich nicht vorbereitet war – niedergeschlagen und mit einem Gefühl der Sinnlosigkeit. Auf meiner Liege im Schlafwagen stellte ich mir die ganze Zeit vor, wie ich acht Tage später in genau diesem Zug zurück nach Paris fahren würde: Aussicht auf ein ungeheures, fast unmögliches Glück (vielleicht würde ich in Florenz sterben und ihn nie wiedersehen), die meinen Widerwillen dagegen, mich immer weiter von Paris zu entfernen, noch verstärkte und mir das Gefühl gab, die Zeit zwischen Hin- und Rückfahrt wäre unerträglich lang, von unendlicher Dauer.

Am schlimmsten war, dass ich nicht den ganzen Tag in meinem Hotelzimmer bleiben und darauf warten konnte, dass mich der Zug zurück nach Paris brachte. Ich musste meine Reise rechtfertigen, indem ich mir Sehenswürdigkeiten ansah und Spaziergänge machte, so wie ich es im Urlaub für gewöhnlich tat. Ich unternahm stundenlange Fußmärsche, durch Oltrarno, den Boboli-Garten, zur Piazza San Michelangelo, nach San Miniato. Ich trat in alle offenen Kirchen ein, formulierte drei Wünsche (wegen des Glaubens, einer von dreien müsse in Erfüllung gehen – natürlich hatten sie alle mit A. zu tun), saß dann in der kühlen Stille und spann eines der vielen Szenarios weiter (ein gemeinsamer Urlaub in Florenz, ein Wiedersehen auf einem Flughafen in zehn Jahren etc.), die ich, egal wo ich war, von morgens bis abends im Kopf hatte.

Ich verstand nicht, warum die Leute bei jedem Gemälde im Reiseführer das Entstehungsdatum und die Erklärung nachlasen, alles Dinge, die nichts mit ihrem Leben zu tun hatten. Für mich hatten die Kunstwerke einen rein leidenschaftlichen Nutzen. Ich besichtigte das Kloster Badia Fiorentina ein zweites Mal, weil Dante dort Beatrice kennengelernt hatte. In der Basilika Santa Croce wühlten mich die verblassten Fresken auf, weil meine Geschichte ihnen eines Tages ähneln würde, bruchstückhafte Erinnerungen in seinem und meinem Gedächtnis.

In Museen hatte ich nur Augen für die Darstellungen von Liebe. Die Statuen nackter Männer zogen mich an. Bei ihnen fand ich die Form von A.s Schultern wieder, seinen Bauch, seinen Penis, vor allem aber die schmale

Linie, die von der Innenseite der Hüfte zum Schritt verläuft. Ich konnte mich nicht von Michelangelos David lösen, schmerzhaft überrascht, dass es keine Frau war, sondern ein Mann, der die Schönheit des männlichen Körpers so perfekt zum Ausdruck gebracht hatte. Auch wenn es sich durch die Frauenunterdrückung erklären lässt, schien mir, dies wäre eine für immer verpasste Chance.*

Auf der Rückfahrt im Zug hatte ich das Gefühl, dass ich Florenz meine Leidenschaft buchstäblich eingeschrieben hatte, indem ich, mit nichts als A. im Kopf, durch die Straßen und Museen gelaufen war, indem ich alles mit ihm zusammen gesehen hatte, indem ich mit ihm zusammen in diesem lauten Hotel am Ufer des Arno gegessen und geschlafen hatte. Ich bräuchte nur dorthin zurückzukehren, um die Geschichte einer Frau zu lesen, die einen Mann liebt, meine Geschichte. Diese acht Tage, die ich allein verbracht hatte, ohne mit jemandem zu sprechen außer den Kellnern im Restaurant, besessen von A.s Bild (so sehr, dass ich fassungslos

* Genauso hatte ich bedauert, dass es kein von einer Frau angefertigtes Bild gibt, das ebenso unaussprechliche Gefühle hervorruft wie das Gemälde von Courbet, welches im Vordergrund das dargebotene Geschlecht einer liegenden Frau zeigt, deren Gesicht man nicht sieht, mit dem Titel *Der Ursprung der Welt*.

war, wenn Männer mich anflirteten, sahen sie sein Bild denn nicht durch meinen Körper hindurchschimmern?), empfand ich letztlich als Prüfung, welche die Liebe vollkommener machte. Eine weitere Verschwendung, diesmal von Fantasie und von Begehren in Abwesenheit.

Er hat Frankreich vor sechs Monaten verlassen und ist in sein Land zurückgekehrt. Wahrscheinlich werde ich ihn nie wiedersehen. Wenn ich anfangs um zwei Uhr morgens aufwachte, war es mir egal, ob ich weiterlebte oder starb. Mein ganzer Körper tat mir weh. Am liebsten hätte ich mir den Schmerz herausgerissen, aber er war überall. Ich wünschte mir, ein Einbrecher würde in mein Zimmer kommen und mich töten. Tagsüber versuchte ich, mich ständig zu beschäftigen, nicht untätig herumzusitzen, denn das wäre mein Untergang gewesen (zu dem Zeitpunkt unklare Bedeutung dieses Ausdrucks, depressiv werden, zu trinken anfangen etc.). Aus demselben Grund zwang ich mich, mich korrekt zu kleiden und zu schminken und Kontaktlinsen zu tragen statt der Brille, auch wenn mich das Hantieren damit große Überwindung kostete. Ich war nicht in der Lage, fernzusehen oder in Zeitschriften zu blättern, denn alle Werbung für Parfüm oder Mikrowellen zeigt nur eins: Eine Frau wartet auf einen Mann. Kam ich an einem Dessous-Geschäft vorbei, wandte ich den Kopf ab.

Wenn es mir wirklich sehr schlecht ging, verspürte ich den heftigen Wunsch, mir die Karten legen zu lassen, es schien mir das einzig Lebensnotwendige zu sein. Eines Tages suchte ich im Telefonbuch meines Minitel nach Wahrsagerinnen. Die Liste war lang. Eine gab an, sie hätte das Erdbeben von San Francisco und Dalidas Tod vorhergesagt. Während ich Namen und Telefonnummern herausschrieb, empfand ich dieselbe Hochstimmung wie einen Monat zuvor beim Anprobieren eines neuen Kleids für A., es war, als würde ich immer noch etwas für ihn tun. Letztlich rief ich keine der Wahrsagerinnen an, aus Angst, sie würden mir prophezeien, dass er nie mehr zurückkehren würde. Ich dachte, »zu dem Schluss bin ich mittlerweile auch gekommen«, ohne Erstaunen. Mir fiel nicht ein, warum ich nicht zu dem Schluss hätte kommen sollen.

Eines Nachts hatte ich den Drang, einen Aidstest zu machen: »Dann hätte er mir wenigstens irgendetwas hinterlassen.«

Ich wollte mich unbedingt an seinen Körper erinnern, vom Scheitel bis zu den Zehen. Es gelang mir, präzise seine grünen Augen vor mir zu sehen, das Haar, das ihm in die Stirn fiel, die Kurve seiner Schultern. Ich spürte seine Zähne, seine Mundhöhle, die Form seiner Schenkel, seine raue Haut. Ich dachte, dass es keinen großen Unterschied gab zwischen dieser Rekonstruktion und einer Halluzination, zwischen Erinnerung und Wahn.

Einmal befriedigte ich mich auf dem Bauch liegend selbst und hatte dabei das Gefühl, seine Lust zu empfinden.

Wochenlang:

Erwachte ich mitten in der Nacht und blieb bis zum Morgen in einem Dämmerzustand, schlaflos und unfähig zu denken. Ich wollte mich im Schlaf verkriechen, aber er entzog sich mir, blieb immer außer Reichweite.

Hatte ich keine Lust aufzustehen. Ich sah den Tag vor mir, ohne Pläne. Gefühl, dass die Zeit nirgendwo mehr hinführte, mich nur noch altern ließ.

Dachte ich im Supermarkt, »dies oder jenes muss ich nicht mehr kaufen« (Whisky, Mandeln etc.)

Sah ich mir Blusen und Schuhe an, die ich vorher für einen Mann gekauft hatte und die jetzt wieder bedeutungslose Klamotten waren, bloß etwas, um modisch zu sein. War es überhaupt möglich, sich diese Dinge oder sonst irgendwas aus einem anderen Grund zu wünschen als dem, einer bestimmten Person gefallen zu wollen, also aus Liebe? Ich brauchte einen Schal gegen die bittere Kälte: »Er wird ihn nie zu Gesicht bekommen.«

Ertrug ich keine anderen Menschen. Die einzigen Bekannten, mit denen ich Zeit verbringen konnte, waren diejenigen, die ich während meiner Beziehung zu A. kennengelernt hatte. Sie spielten eine Rolle in meiner Leidenschaft. Selbst wenn ich ihnen kein großes Interesse oder keine besondere Wertschätzung entgegenbrachte, empfand ich eine Art Zuneigung zu ihnen. Im Fernsehen konnte ich mir allerdings keinen der Moderatoren oder Schauspieler anschauen, die ich zuvor gemocht hatte, weil ihr Auftreten, ihre Mimik oder ihre Augen mich an A. erinnert hatten. Diese Merkmale von ihm an einem anderen Menschen, der mir nichts bedeutete, empfand ich als Täuschung. Ich hasste diese Typen, weil sie A. weiter ähnlich sahen.

Formulierte ich stumme Wünsche, wenn er vor dem Monatsende anruft, spende ich fünfhundert Franc an eine gemeinnützige Organisation.

Stellte ich mir vor, wir würden uns in einem Hotel oder auf einem Flughafen wiedersehen, er würde mir einen Brief schicken. Ich antwortete auf Dinge, die er nie gesagt hatte, auf Worte, die er nie schreiben würde.

Zog ich, wenn ich irgendwo hinging, wo ich im Jahr zuvor während seiner Anwesenheit ebenfalls hingegangen war – zum Zahnarzt oder zu einer Lehrerkonferenz –, dasselbe Kostüm an wie damals und versuchte mir einzureden, die gleichen Umstände würden die gleiche Wirkung haben und er werde am Abend anrufen. Wenn ich gegen Mitternacht völlig erschöpft ins Bett fiel, wurde mir bewusst, dass ich tatsächlich den ganzen Tag auf seinen Anruf gewartet hatte.

In meinen schlaflosen Nächten versetzte ich mich manchmal zurück nach Venedig, wo ich kurz vor meiner ersten Begegnung mit A. eine Woche Urlaub verbracht hatte. Ich versuchte mich zu erinnern, welche Wege ich zurückgelegt und womit ich meine Zeit verbracht hatte, sah mich auf den Zattere, in den Gassen von Giudecca. Ich beschwor das Zimmer im Anbau des Hotels La Calcina herauf, bemühte mich, mir alles ins Gedächtnis zu rufen, das schmale Bett, das verbarrikadierte Fenster, das auf die Hinterseite des Café Cucciolo hinausging, den Tisch mit der weißen Decke, auf dem ich meine Bücher abgelegt hatte, ich sagte die Titel vor mir her. Einen nach dem anderen zählte ich alle Gegenstände auf, die sich in dem Zimmer befunden hatten, in dem Versuch, diesen Ort, an dem ich gewesen war, bevor die Geschichte mit A. begonnen hatte, bis ins kleinste Detail zu beschreiben, als könnte ich unsere Geschichte dadurch, dass ich ein komplettes Inventar erstellte, ein weiteres Mal erleben. Aus derselben Überzeugung manchmal der Impuls, tatsächlich nach Venedig zurückzukehren, in dasselbe Hotel, dasselbe Zimmer.

Zu der Zeit waren all meine Gedanken und all meine Handlungen eine Wiederholung. Ich wollte die Gegenwart zwingen, wieder zu einer für das Glück offenen Vergangenheit zu werden.

Ich rechnete ständig nach, »jetzt ist seine Abreise zwei Wochen, fünf Wochen her«, »heute vor einem Jahr war ich an dem und dem Ort, habe ich das und das getan«. In Bezug auf alles Mögliche, die Eröffnung eines Einkaufszentrums, Gorbatschows Besuch in Paris, Michael Changs Sieg bei den French Open, sofort, »da war er noch da«. Oft hatte ich irgendwelche Momente vor Augen, die nichts Besonderes gewesen waren – ich bin in der Sorbonne im Saal mit den Karteikästen, ich gehe den Boulevard Voltaire entlang, ich probiere in einem Benetton-Laden einen Rock an –, und mein Gefühl, immer noch dort zu sein, war so stark, dass ich mich fragte, warum es eigentlich nicht möglich war, in jenen Tag *hinüberzugehen*, wie man von einem Zimmer ins andere geht.

In meinen Träumen gab es ebenfalls diesen Wunsch nach einer Umkehrbarkeit der Zeit. Ich redete und stritt mit meiner (toten) Mutter, die wieder lebendig war, selbst wenn ich im Traum wusste – und sie auch –, dass sie schon einmal tot gewesen war. Das war etwas ganz Normales, ihr Tod lag hinter ihr, nach dem Motto, »das wäre erledigt«. (Mir scheint, dass ich diesen Traum oft hatte.) In einem anderen Traum verschwand ein kleines Mädchen im Badeanzug auf einem Ausflug. Die Rekonstruktion des Verbrechens fand gleich danach statt. Das Kind erwachte wieder zum Leben und zeigte, welchen Weg in den Tod es zurückgelegt hatte. Doch für den Richter erschwerte die Kenntnis der Wahrheit die Rekonstruktion des Verbrechens. In anderen Träumen verlor ich meine Tasche, verirrte ich mich, schaffte ich es nicht, meinen Koffer zu packen, und verpasste deshalb den Zug. Ich sah A. in einer Menschenmenge, er blickte mich nicht an. Wir saßen zusammen in einem Taxi, ich streichelte ihn, sein Penis blieb schlaff. Später stand er wieder vor mir mit seinem Begehren. Wir fanden uns in der Toilette eines Cafés wieder, auf der Straße an einer Mauer, er nahm mich wortlos.

Am Wochenende zwang ich mich zu körperlicher Arbeit, plagte mich wie verrückt im Haus oder Garten ab. Abends war ich völlig erschöpft und meine Glieder ganz taub, wie damals, wenn A. den Nachmittag bei mir verbracht hatte. Doch es war eine leere Müdigkeit, ohne die Erinnerung an einen anderen Körper, ein Zustand, den ich hasste.

Etwa zwei Monate nach A.s Abreise begann ich zu erzählen, »ab September letzten Jahres tat ich nichts anderes mehr, als auf einen Mann zu warten« etc., ich weiß nicht mehr, an welchem Tag. Während ich mich an alles genau erinnere, was mit meiner Beziehung zu A. verbunden ist, die Unruhen in Algerien im Oktober 88, die Hitze und der wolkenverhangene Himmel am 14. Juli 89, sogar an unwichtige Details wie den Kauf eines Mixers im Juni, am Tag vor einer Verabredung mit ihm, kann ich das Schreiben einer Seite dieses Textes nicht mit einem Starkregen oder einem politischen Ereignis zusammenbringen, das irgendwo auf der Welt stattgefunden hat, dem Fall der Berliner Mauer oder der Hinrichtung des Ehepaars Ceaușescu. Die Zeit des Schreibens ist eine ganz andere als die Zeit der Leidenschaft.

Allerdings wollte ich, als ich mit dem Schreiben begann, dadurch in der Zeit der Leidenschaft bleiben, einer Zeit, in der alles in eine einzige Richtung wies, von der Entscheidung für einen Film über die Auswahl eines Lippenstifts, in Richtung eines anderen Menschen.

Das Imperfekt, die Vergangenheitsform, die ich im Französischen ab der ersten Zeile spontan verwendet habe, dient der Beschreibung einer Dauer, eines Zustandes, von dem ich nicht wollte, dass er jemals endete, »viel schöner als heute war damals die Zeit«, einer ewigen Wiederholung. Außerdem wollte ich durch das Schreiben einen Schmerz erzeugen, der das Warten auf den nächsten Anruf, auf das nächste Treffen ablöste. (Selbst heute tut es weh, die ersten Seiten dieses Textes noch einmal durchzulesen, genauso wie es weh tut, den Frotteemorgenmantel zu betrachten und zu berühren, den er bei mir trug und erst wieder ablegte, wenn er sich anzog und ging. Der Unterschied: Diese Seiten werden für mich immer eine Bedeutung haben und vielleicht auch für andere, während der Morgenmantel – der ohnehin nur für mich eine Bedeutung hat – eines Tages keine Erinnerungen mehr wecken wird und ich ihn irgendwann in die Altkleidersammlung geben werde. Indem ich über ihn schreibe, will ich wohl auch den Morgenmantel retten.)

Trotzdem lebte ich weiter. Das Schreiben verhinderte nicht, dass ich, sobald ich damit aufhörte, den Mann vermisste, dessen Stimme und ausländischen Akzent ich nie mehr hören würde, dessen Haut ich nie mehr berühren würde, der in einer kalten Stadt ein für mich unvorstellbares Leben führte – den realen Mann, der für mich noch unerreichbarer war als der mit der Initiale A. bezeichnete Mann in diesem Text. Also bediente ich mich weiterhin aller Mittel, die den Schmerz erträglich machen und die in einer Situation, die rational betrachtet hoffnungslos ist, Hoffnung geben: Patiencen legen, im Bahnhof Auger zehn Franc in den Becher eines Bettlers werfen und stumm den Wunsch formulieren, »dass er anruft, dass er zurückkommt« etc. (Wenn man es recht bedenkt, ist das Schreiben vielleicht auch eine dieser Strategien.)

Trotz meiner Abneigung gegen die Begegnung mit anderen Menschen nahm ich die Einladung zu einem Kolloquium nach Kopenhagen an, weil das die Gelegenheit war, ihm ein diskretes Lebenszeichen zu senden, eine Postkarte, auf die er, so redete ich mir ein, zwangsläufig würde antworten müssen. Sobald ich in Kopenhagen angekommen war, dachte ich nur noch daran, eine Postkarte zu kaufen, die vor meiner Abreise sorgfältig vorformulierten Sätze abzuschreiben, einen Briefkasten zu finden. Auf dem Rückflug dachte ich, dass ich nur in Dänemark gewesen war, um einem Mann eine Postkarte zu schicken.

Ich bekam Lust, ein paar der Bücher, die ich während A.s Anwesenheit sehr oberflächlich gelesen hatte, ein weiteres Mal zu lesen. Das Gefühl, dass sie mein Warten, meine Tagträume aus jener Zeit enthielten und dass ich meine Leidenschaft darin genauso wiederfinden würde, wie ich sie damals erlebt hatte. Doch ich konnte mich nicht dazu durchringen, jedes Mal, wenn ich eines der Bücher aufschlagen wollte, schreckte ich abergläubisch davor zurück, ganz so, als wäre *Anna Karenina* eines dieser esoterischen Werke, die behaupten, man dürfe eine bestimmte Seite nicht umblättern, weil sonst ein Unglück geschehe.

Einmal überkam mich der heftige Wunsch, die Passage Cardinet im 12. Arrondissement aufzusuchen, wo ich vor zwanzig Jahren illegal abgetrieben habe. Mir war, als müsse ich die Straße, das Haus unbedingt wiedersehen, als müsse ich die Treppe hoch zu der Wohnung gehen, wo die Abtreibung stattgefunden hatte. Ganz so, als hoffte ich diffus, ein alter Schmerz würde den neuen neutralisieren.

Ich stieg an der Station Malesherbes aus und stand auf einem Platz, der offenbar umbenannt worden war, denn der Name sagte mir nichts. Ich musste einen Gemüsehändler nach dem Weg fragen. Das Straßenschild der Passage Cardinet ist halb verblasst. Die Fassaden sind renoviert und sehr weiß. Ich ging zu der Hausnummer, an die ich mich erinnerte, und drückte die Tür auf, eine der wenigen, an der man keinen Code eintippen muss. Im Hausflur hing eine Tafel mit den Namen der Bewohner. Die alte Frau, eine Hilfskrankenschwester, war gestorben oder in ein Altersheim in einem Vorort umgezogen, heute wohnen Angehörige der Oberschicht in dieser Straße. Auf dem Weg zum Pont-Cardinet sah ich mich neben der Frau die Straße entlanggehen, sie hatte damals darauf bestanden, mich zu dem nahegelegenen Bahnhof zu begleiten, wahrscheinlich, weil sie sicherstellen wollte, dass ich nicht mit ihrer Sonde im Bauch vor ihrem Haus ohnmächtig wurde. Ich dachte, »hier bin ich schon einmal gewesen«. Ich überlegte, was der Unterschied zwischen dieser realen Vergangenheit und einer fiktiven Geschichte war, vielleicht bloß dieses Gefühl der Ungläubigkeit, hier schon einmal gewesen zu sein, während ich dieses Gefühl bei einer Romanfigur nicht gehabt hätte.

Ich ging zurück zur Station Malesherbes und nahm die Metro. Dieser Schritt hatte nichts geändert, aber ich war froh, ihn gegangen zu sein, noch einmal mit dem Gefühl absoluter Verlorenheit in Kontakt getreten zu sein, deren Ursache auch damals ein Mann gewesen war.

(Bin ich die Einzige, die an den Ort ihrer Abtreibung zurückkehrt? Ich frage mich, ob ich nicht schreibe, um herauszufinden, ob andere das Gleiche getan oder gefühlt haben, oder, damit sie ihre Gefühle als etwas Normales empfinden. Vielleicht sogar, damit andere so etwas erleben und dabei vergessen können, dass sie irgendwann einmal davon gelesen haben.)

Jetzt ist es April. Manchmal wache ich morgens auf und mein erster Gedanke gilt nicht A. Die Vorstellung, wieder »die kleinen Freuden des Lebens« zu genießen – ein Gespräch mit Freunden, ein Kinobesuch, ein gutes Abendessen –, widert mich weniger an. Ich befinde mich immer noch in der Zeit der Leidenschaft (eines Tages wird es mir nicht mehr auffallen, dass ich beim Aufwachen nicht an A. gedacht habe), aber es ist nicht mehr dieselbe Zeit, sie ist nicht mehr durchgängig.*

Manchmal erinnere ich mich an ein Detail, an etwas, was er mir erzählt hatte. Zum Beispiel, er sei in Moskau im Zirkus gewesen und der Raubtierdompteur habe ihn »beeindruckt«. Für einen Moment überkommt mich eine große Ruhe, dieselbe Ruhe, die ich empfinde, wenn ich von ihm geträumt habe und beim Aufwachen

* Ich wechsle vom Imperfekt zum Präsens, von der Vergangenheit – aber bis wann? – in die Gegenwart – aber seit wann? –, in Ermangelung einer besseren Lösung. Ich kann die Veränderung meiner Leidenschaft für A. nicht präzise Tag für Tag wiedergeben, sondern nur einzelne Bilder herausgreifen, Zeichen einer Realität, von der man – wie bei historischen Phänomenen – nicht mit Gewissheit sagen kann, wann sie begonnen hat.

noch nicht weiß, dass es nur ein Traum war. Das Gefühl, es wäre alles wieder in Ordnung, »jetzt ist alles gut«. Dann fällt mir ein, dass diese Worte sich auf etwas weit Zurückliegendes beziehen, ein weiterer Winter ist vergangen, der Dompteur arbeitet vielleicht nicht mehr in dem Zirkus, »er hat mich beeindruckt« gehört zu einer vergangenen Gegenwart.

Im Verlauf irgendeines Gesprächs glaubte ich plötzlich, ein bestimmtes Verhalten von A. besser zu verstehen oder einen Aspekt unserer Beziehung zu entdecken, über den ich bisher nicht nachgedacht hatte. Ein Kollege, mit dem ich einen Kaffee trinken war, vertraute mir an, er habe eine sehr körperliche Beziehung zu einer älteren, verheirateten Frau gehabt: »Wenn ich abends aus ihrem Haus trat, atmete ich auf der Straße die Luft ein und fühlte mich ungeheuer männlich.« Ich dachte, dass A. vielleicht genauso empfunden hatte. Ich war glücklich über diese Entdeckung, die allerdings unmöglich zu überprüfen war, ganz so, als hätte ich etwas begriffen, was meine Erinnerungen mir nicht geben können, etwas Unvergängliches.

Heute Abend im RER unterhielten sich mir gegenüber zwei junge Frauen. Ich hörte, »die wohnen in einem Eigenheim in Barbizon«. Ich überlegte, was ich mit dem

Namen verband, und nach einigen Minuten fiel mir ein, dass A. mir erzählt hatte, er sei an einem Sonntag mit seiner Frau dort gewesen. Es war eine Erinnerung wie jede andere, zum Beispiel wie die, die der Name »Brunoy« in mir geweckt hätte, der Wohnort einer alten Freundin, die ich aus den Augen verloren hatte. Also bekommt die Welt langsam wieder jenseits von A. eine Bedeutung? Der Löwendompteur aus dem Moskauer Zirkus, der Frotteemorgenmantel, Barbizon, der lange Text, der seit unserer ersten gemeinsamen Nacht Tag für Tag in meinem Kopf entsteht, die Bilder, Gesten, Worte – das Ensemble aus Zeichen, die den ungeschriebenen Roman einer Leidenschaft bilden, beginnt sich aufzulösen. Von jenem lebendigen Text ist dieser hier nur ein Überbleibsel, ein kleiner Rest. Wie der andere wird er mir eines Tages nichts mehr bedeuten.

Trotzdem schaffe ich es nicht, mich davon zu trennen, genauso wenig, wie ich es letztes Jahr im Frühling geschafft habe, mich von A. zu trennen, als ich ununterbrochen auf ihn wartete, ihn ununterbrochen begehrte. Dabei weiß ich, dass ich mir, anders als vom Leben, vom Schreiben nichts erhoffen kann, weil in einem Text nur das passiert, was man in ihn hineinlegt. Weiterschreiben ist auch eine Abwehr der Angst, dies hier anderen zu lesen zu geben. Solange das Schreiben eine

Notwendigkeit war, kümmerte mich diese Eventualität nicht. Jetzt, wo diese Notwendigkeit hinter mir liegt, betrachte ich die beschriebenen Seiten mit Verwunderung und einer Art Scham, die ich bisher nicht empfunden habe – im Gegenteil –, weder während ich meine Leidenschaft lebte, noch während ich davon erzählte. Mit der Aussicht auf Veröffentlichung rücken die Urteile und »normalen« Wertvorstellungen der Außenwelt näher. (Es könnte gut sein, dass wegen der Verpflichtung, Fragen wie »ist das autobiographisch?« zu beantworten, sich für dies und jenes zu rechtfertigen, so manche Bücher nicht an die Öffentlichkeit gelangen oder nur in Form von Romanen, in denen der Schein gewahrt wird.)

Vor diesen handgeschriebenen Seiten voller Durchstreichungen, die für alle außer für mich unleserlich sind, kann ich weiter glauben, dies hier wäre etwas Privates, fast schon Kindliches, ohne Konsequenzen – wie die Liebeserklärungen und obszönen Sätze, die ich früher im Schulunterricht in den Schutzumschlag meiner Hefte schrieb, wie alles, was man in Ruhe schreiben kann, unbehelligt, solange man sicher ist, dass niemand es zu Gesicht bekommt. Sobald ich diesen Text abtippe, sobald er in öffentlichen Buchstaben vor mir erscheint, wird es vorbei sein mit meiner Unschuld.

Februar 91

Ich könnte mit dem vorigen Satz enden und so tun, als könnte nichts mehr von dem, was sich auf der Welt oder in meinem Leben ereignet, in diesen Text Eingang finden. Ihn als etwas nehmen, das außerhalb der Zeit steht, lesebereit. Doch solange diese Seiten etwas Persönliches sind, solange ich einen direkten Zugriff darauf habe, so wie jetzt, bleibt das Schreiben offen. Mir ist es wichtiger, den Text um das zu ergänzen, was die Realität hinzugefügt hat, als ein Adjektiv umzustellen.

Zwischen dem Zeitpunkt im Mai letzten Jahres, als ich zu schreiben aufgehört habe, und heute, dem 6. Februar 91, ist der vorprogrammierte Konflikt zwischen dem Irak und der Koalition westlicher Länder ausgebrochen. Ein »sauberer« Krieg, der Propaganda zufolge, obwohl auf den Irak bereits mehr Bomben gefallen sind »als auf Deutschland im ganzen Zweiten Weltkrieg« (*Le Monde* von heute Abend) und obwohl Augenzeugen berichten, dass sie in Bagdad Kinder gesehen haben, die durch die Explosionen taub geworden sind und wie Betrunkene durch die Straßen wanken. Wir tun nichts anderes, als auf angekündigte Ereignisse zu warten, die nicht eintreten, die Bodenoffensive der »Alliierten«, ein Angriff mit Chemiewaffen durch Saddam Hussein, ein Selbstmordattentat im Kaufhaus Galeries Lafayette. Die gleiche Angst, der gleiche Wunsch – und die gleiche Unmöglichkeit –, die Wahrheit zu erfahren wie in der Zeit der Leidenschaft. Doch damit hört die Ähnlichkeit auch schon auf. Kein Raum für Tagträume oder Fantasien.

Am ersten Sonntag nach Kriegsbeginn klingelte das Telefon. A.s Stimme. Sekundenlang war ich vor Schreck wie erstarrt. Ich begann zu weinen und wiederholte mehrmals seinen Namen. Er sagte langsam, »ich bin's, ich bin's«. Er wolle mich sofort sehen, er werde ein Taxi nehmen. In der halben Stunde, die mir bis zu seiner Ankunft blieb, schminkte ich mich und machte mich panisch zurecht. Dann wartete ich im Flur, eingehüllt in den Schal, den er noch nie gesehen hatte. Ich starrte fassungslos auf die Tür. Er trat ein, ohne zu klopfen, wie früher. Er hatte wohl viel getrunken, er schwankte, als er mich fest in den Arm nahm, und stolperte auf der Treppe hoch ins Schlafzimmer.

Hinterher wollte er nur Kaffee trinken. Dem Anschein nach hatte sich sein Leben nicht verändert, dieselbe Arbeit im Osten wie in Frankreich, kein Kind, obwohl seine Frau gern eines gehabt hätte. Mit seinen achtunddreißig Jahren hat er immer noch ein jugendliches Aussehen, nur sein Gesicht wirkt etwas zerknitterter. Seine Fingernägel sind nicht mehr so gepflegt, seine Hände sind rauer, vermutlich wegen der Kälte in seinem Land. Er lachte laut, als ich ihm vorwarf, dass er seit seiner Abreise nichts von sich hatte hören lassen: »Hätte ich dich vielleicht anrufen sollen, hallo, wie geht's. Und was dann?« Die Postkarte, die ich ihm aus Dänemark an seine ehemalige Arbeitsstelle in Paris geschickt hatte, war nicht bei ihm angekommen. Wir zogen unsere auf dem Fliesenboden verstreuten Kleider wieder an, und ich brachte ihn mit dem Auto zu seinem Hotel an der Place de l'Étoile. Von Nanterre bis zum Pont-de-Neuilly küssten und streichelten wir uns an jeder roten Ampel.

Auf dem Rückweg im Tunnel von La Défense dachte ich, »wo ist meine Geschichte hin?«. Dann, »ich warte auf nichts mehr«.

Drei Tage später reiste er ab, ohne dass wir uns noch einmal gesehen hätten. Kurz vorher sagte er am Telefon zu mir, »ich rufe dich an«. Ich weiß nicht, ob er damit meinte, dass er mich aus seinem Land anrufen würde oder aus Paris, wenn er das nächste Mal die Gelegenheit hätte herzukommen. Ich fragte nicht nach.

Ich habe den Eindruck, dass diese Rückkehr nicht stattgefunden hat. Sie gehört nicht in dieselbe Zeit wie unsere Geschichte, ist nur ein Datum, der 20. Januar. Der Mann, der an dem Abend zu mir zurückgekommen ist, ist ein anderer als der, den ich ein Jahr lang in mir getragen habe, während seiner Anwesenheit und später beim Schreiben. Diesen Mann werde ich nie wiedersehen. Dennoch gibt diese irreale, fast inexistente Rückkehr meiner Leidenschaft ihren Sinn, der nämlich darin besteht, dass sie keinen hat, dass sie aber zwei Jahre lang die heftigste Realität gewesen ist, die es gibt, und zugleich die unerklärlichste.

Auf diesem leicht verschwommenen Foto, dem einzigen, das ich von ihm habe, sehe ich einen großen blonden Mann, eine entfernte Ähnlichkeit mit Alain Delon.

Alles an ihm war mir kostbar gewesen, seine Augen, sein Mund, sein Penis, seine Kindheitserinnerungen, seine Art, abrupt nach etwas zu greifen, seine Stimme.

Ich hatte seine Sprache lernen wollen. Ich bewahrte ein Glas, aus dem er getrunken hatte, ungespült auf.

Auf dem Rückflug von Kopenhagen hatte ich mir gewünscht, dass das Flugzeug abstürzt, sollte ich ihn nie mehr wiedersehen.

Letzten Sommer in Padua presste ich sein Foto an die Grabplatte des heiligen Antonius – neben anderen Menschen, die ein Taschentuch oder einen zusammengefalteten Bittbrief daranhielten –, damit er zu mir zurückkäme.

Ob er es »wert« war oder nicht, ist selbstverständlich belanglos. Und dass mir dies alles allmählich so fremd wird, als ginge es um eine andere Frau, ändert nichts an folgender Tatsache: Dank ihm habe ich mich der Grenze zwischen zwei Menschen so sehr angenähert, dass ich mir manchmal vorgestellt habe, sie zu überschreiten.

Ich habe die Zeit anders wahrgenommen, mit meinem ganzen Körper.

Ich habe herausgefunden, wozu man fähig ist – zu allem nämlich. Zu geheimen Wünschen, die sublim oder tödlich sein können, zum Verlust der eigenen Würde, zu Glaubenssätzen und Verhaltensweisen, die ich bei anderen für irrational hielt, bis ich selbst darauf zurückgegriffen habe. Unwissentlich hat er meine Verbindung zur Welt gestärkt.

Er hatte zu mir gesagt, »über mich wirst du kein Buch schreiben«. Aber ich habe auch kein Buch über ihn geschrieben, nicht einmal über mich selbst. Ich habe lediglich in Worte gefasst – Worte, die er vermutlich nie lesen wird, die nicht an ihn gerichtet sind –, was seine bloße Existenz mir gegeben hat. Eine Art weitergereichtes Geschenk.

Als Kind verstand ich unter Luxus Pelzmäntel, Abendkleider und eine Villa am Meer. Später glaubte ich, es sei, das Leben einer Intellektuellen zu führen. Jetzt scheint mir, dass es auch Luxus ist, seine Leidenschaft für einen Mann oder eine Frau leben zu können.

Bibliothek Suhrkamp

Alphabetisches Verzeichnis

Achmatowa: Gedichte 983
Adler: Pechrabenschwarz 1490
– Rennboot 1480
Adonis/ Analis: Unter dem Licht der Zeit 1391
Adorno: Minima Moralia 236
– Traumprotokolle 1385
Agamben: Idee der Prosa 1360
– Kindheit und Geschichte 1379
Agnon: Buch der Taten 1276
– Der Verstoßene 990
– Liebe und Trennung 1293
Aiken: Fremder Mond 1014
Alain: Die Pflicht, glücklich zu sein 470
Alain-Fournier: Jugendbildnis 23
Alberti: Zu Lande zu Wasser 60
– Der verlorene Hain 1270
Anders: Tagesnotizen 1405
Anderson: Winesburg, Ohio 1330
Anderson/ Stein: Briefwechsel 874
Andrić: Der verdammte Hof 1349
Aragon: Der Pariser Bauer 1213
Arguedas: Diamanten und Feuersteine 1354
Arlt: Das böse Spielzeug 1406

Bachmann: Malina 534
Barnes: Antiphon 241
– Nachtgewächs 1441
Barón Biza: Die Wüste und ihr Samen 1506
Barthes: Die helle Kammer 1448
– Die Lust am Text 378
Baselitz/ Kluge: Weltverändernder Zorn 1501
Bayen: Die Verärgerten 1411
Becker, Jürgen: Beispielsweise am Wannsee 1112
– Dorfrand mit Tankstelle 1420
Becker, Jurek: Bronsteins Kinder 1253
– Jakob der Lügner 510
Beckett: Das letzte Band/ Krapp's Last Tape/ La dernière bande 1211
– Der Ausgestoßene 1163
– Disjecta 1452
– Endspiel/ Fin de partie/ Endgame 1224
– Erste Liebe/ Premier amour 277
– Erzählungen und Texte um Nichts 82
– Mehr Prügel als Flügel 1000
– Proust 1532
– Trötentöne/ Mirlitonnades 1392
– Warten auf Godot 1040
Begley: Lügen in Zeiten des Krieges 1380
Benet: Der Turmbau zu Babel 1154
– Ein Grabmal/ Numa 1026
Benjamin: Berliner Kindheit um neunzehnhundert 966
– Einbahnstraße 27
– Träume 1433
Beradt: Das Dritte Reich des Traums 1496
Berlin: Der Igel und der Fuchs 1442
Bernhard: Alte Meister 1120
– An der Baumgrenze 1453
– Das Kalkwerk 1320
– Der Theatermacher 870
– Die Macht der Gewohnheit 415
– Heldenplatz 997
– Holzfällen 927
– Verstörung 229
– Wittgensteins Neffe 788
Beuys: Mysterien für alle 1492
Beyer: Flughunde 1412
Białoszewski: Erinnerungen aus dem Warschauer Aufstand 1508
Bichsel: Der Busant 1282
– Eigentlich möchte Frau Blum den Milchmann kennenlernen 1125
– Zur Stadt Paris 1179
Biermann: Mensch Gott! 1523
Bioy Casares: Abenteuer eines Fotografen in La Plata 1188
– Ein schwankender Champion 1258
Bitow: Georgisches Album 1498
– Leben bei windigem Wetter 1526
Blais: Drei Nächte, drei Tage 1516
Blanchot: Warten Vergessen 139
Blecher: Aus der unmittelbaren Unwirklichkeit 1367
– Beleuchtete Höhle 1434
– Vernarbte Herzen 1399